陰陽師 首塚

陰陽師系列 第八部

夢枕獏——著
村上豐——繪
茂呂美耶——譯

新版推薦序

伴隨《陰陽師》系列小說十五年有感

承接《陰陽師》系列小說的編輯來信通知，明年一月初將出版重新包裝的第一部《陰陽師》，並邀我寫一篇序文。

收到電郵那時，我正在進行第十七部《陰陽師螢火卷》的翻譯工作，而且，由於晴明和博雅這兩人拖拖拉拉了將近三十年的曖昧關係（中文繁體版則爲十五年），終於有了一小步進展，令我陷入興奮狀態，於是立即回信答應寫序文。因爲我很想在序文中向某些初期老粉絲報告：「喂喂喂，大家快看過來，我們的傻博雅總算開竅了啦！」

其實，我並非喜歡閱讀ＢＬ（男男愛情）小說或漫畫的腐女，《陰陽師》也並非ＢＬ小說，但是，我記得十多年前，曾經在網站留言版和一些《陰陽師》死忠粉絲，針對晴明和博雅之間的曖昧感情，嬉笑怒罵地聊得鼓樂喧天，好不熱鬧。

說實在的，比起正宗ＢＬ小說，《陰陽師》的耽美度其實並不高。就我個人觀點而言，這部系列小說的主要成分是「借妖鬼話人心」，講述的是善變的人心，無常的人生。可是，某些讀者，例如我，經常在晴明和博雅的對話中，敏感地聞出濃厚的ＢＬ味道，並為了他們那若隱若現，或者說，半遮半掩的愛意表達方式，時而抿嘴偷笑，時而暗暗奸笑。

身為譯者的我，有時會為了該如何將兩人對話中的那股濃濃愛意，翻譯得不露骨，但又不能含糊帶過的問題，折騰得三餐都以飯糰或茶泡飯草草果腹，甚至一句話要改十遍以上。太露骨，沒品；太含蓄，無味。所幸，這種對話不是很多。是的，直至第十六部《陰陽師蒼猴卷》為止，這種對話確實不多。

然而，我萬萬沒想到，到了第十七部《陰陽師螢火卷》，竟然出現了令我情不自禁大喊「喂喂，博雅，你這樣調情，可以嗎？」的對話！不過，請非腐族讀者放心，這種對話依舊不是很多，況且，說不定我們那個憨厚的傻博雅，不明白自己說的那些話其實是一種調情。而能塑造出讓讀者感覺「明明在調情，但調情者或許不明白自己在調情」的情節的小說家夢枕大師，更令人起敬。

話說回來，不論以讀者身分或譯者身分來看，《陰陽師》系列小說最吸引我的場景，均是晴明宅邸庭院。那庭院，看似雜亂無章，卻隨著季節交替輪換而自有一番情韻。倘若我在進行翻譯工作時的季節，恰好與小說中的季節相符，我會翻譯得特別來勁，畢竟晴明庭院中那些常見的花草，以及，夏天吵得不可開交的蟬鳴和秋天唱得不可名狀的夜蟲，我家院子都有。只是，我家院子的規模小了許多，大概僅有晴明宅邸庭院的百分或千分之一吧。

爲了寫這篇序文，我翻出《陰陽師飛天卷》、《陰陽師付喪神卷》、《陰陽師鳳凰卷》等早期的作品，重新閱讀。不僅讀得津津有味，甚至讀得久違多年在床上迎來深秋某日清晨的第一道曙光。

此外，我也很佩服當年的自己，竟然能把小說中那些和歌翻譯得那麼美。不是我在自吹自擂，是眞的。我跟夢枕大師一樣，都忘了早期那些作品的故事內容，重讀舊作時，我眞的在文字中看到當年爲了翻譯和歌，夜夜在書桌前和古籍資料搏鬥的自己的身影。啊，畢竟那時還年輕，身子經得起通宵熬夜的摧殘，大腦也耐得住古文和歌的折磨。如今已經不行了，都盡量在夜晚十點上床，十一點便關燈。因爲我在明年的生日那天，要穿大紅色的「還曆祝著」（紅色帽子、紅色背心），慶祝自己的人生回到起點，得以重新再活一次。

如果情況允許，我希望能夠一直擔任《陰陽師》系列小說的譯者，更希望在我穿上大紅色背心之後的每個春夏秋冬，仍可以自由自在穿梭於晴明宅邸庭院。

茂呂美耶

於二〇一七年十一月某個深秋之夜

目錄

一、

先描寫一下賀茂保憲這號人物。

此人是陰陽師。

是與安倍晴明呼吸著同一時代濁闇的人物。

也是晴明的陰陽道師傅賀茂忠行的長男。

據史料記載，保憲與晴明是師兄弟；但也有史料說，他是晴明的師傅。

年齡比晴明大。不過，在此我不想特別表明保憲的年齡。不表明年齡，對接下來講述的故事可能比較方便。

日後的陰陽道將分化爲兩大流派，一是賀茂家的勘解由小路流派，另一則是安倍家的土御門流派。如果說土御門流派的始祖是安倍晴明，那麼，賀茂保憲則是勘解由小路流派的陰陽師代表。

據說，保憲的陰陽術凌駕於既是父親也是師傅的忠行之上。

某史料記載：

當朝以保憲為陰陽基模

意指「本朝陰陽師以賀茂保憲爲宗」。

以前曾幾度寫過，晴明少年時，某天曾跟隨師傅忠行前往下京。當時，他比任何人都先察覺到百鬼夜行，並通告師傅。

保憲也同晴明一樣，自孩提時代便能看到非塵世人間之物。

《今昔物語集》記載著下述典故。

話說某天，有位高貴人物請賀茂忠行做祓。

祓，是一種驅除不淨或災厄的祭祀，有襲用的儀式，也有依各別具體禍害而於事前施行的避邪祭祀。

《今昔物語集》中，未詳細說明是何種儀式，但依據典故內容前後文判斷，很可能是後者。

話說回來，此時賀茂保憲可能還是不及十歲的童子。

保憲央求正打算出門的忠行帶他一起去。說什麼也要跟去，不聽家人勸阻。

於是，忠行只得帶著未及十歲的保憲，一起到施行祭祀的祓殿。

祓殿是施行祭祀的建築物。雖也有專用祓殿，但有時也會利用一般宅邸，或騰出委託者住家的某間房，當做進行儀式的臨時祓殿。

祓殿內設有祭壇，祭壇前擱置神案，上面安放米、魚、肉等祀品，另安放紙裁的馬、車、船等交通工具。

忠行坐在祭壇前，喃喃唸起咒文。

委託者坐在忠行後方，規規矩矩、低頭不語。

保憲則坐在忠行一旁，心不在焉地觀望四周，或伸手在耳朵旁搔癢。

不久，儀式結束，委託者也回去了，忠行一行人隨後踏上歸途。

事情發生在歸途中……

忠行與保憲同搭一輛牛車。

牛車咯蹬咯蹬前進。

約莫走了一半路程，保憲突然開口：

「父親大人。」

「什麼事？」忠行回應。

「那到底是什麼東西？」保憲問。

「什麼意思？」

「孩兒看到很奇妙的東西。」

「幾時看到的？」

「父親大人進行儀式的時候。」

「看到什麼？」

「父親大人唸咒文時，不知從哪兒出現很多類似人的東西，還有看起來不是人的東西。」

湧現形狀可怖、氣色可懼之異物，為數二、三十；另有似人之物……

《今昔物語集》中如是記載。

保憲又說，那些異形之物不但吃了米、魚、肉，還乘坐安放一旁的紙馬、紙車、紙牛，在整個儀式過程中，騷鬧不已。

「你看到了？」

「是。其他人好像沒看到，但父親大人也看到了吧？」

「嗯。」

「孩兒一直在想，那到底是什麼東西，可是想來想去還是不知道，所以才問父親大人。」

「那個，就是那種東西。」忠行說。

「那種東西？」

「嗯。」

「孩兒不懂。」

「那種東西存在於這世上。如果你不是我兒子，我可以簡單告訴你那是亡魂……」

「難道不是亡魂？」

「雖是亡魂，卻無法用『亡魂』一概而論。」

「聽不懂……」

「所謂亡魂，是人死後的魂魄變化而成。但是，那種東西與人的死亡無關，也存在於這世上。」

「……」

「在這天地間，石頭、流水、樹木、泥土，都存在那種東西。正如這世上有我在、也有你在一樣，那種東西也存於天地間。而當人的魂魄凝聚起來附在那種東西上，便會成爲你看到的那東西。」

「原來如此。」

保憲似懂非懂地回答。

「話雖如此，即便是我，也須修行數年才得以見到。你沒經過任何修行，竟然這麼小就能看到那東西……」

「是。」

「你老實說，之前是不是也曾經看過那東西？」

「是，看過幾次。」

「唔……」

「父親大人的工作是專門對付那東西嗎？」

「其實不僅於此，不過，大致是這樣吧。」

「好像很好玩。」

保憲浮出笑容說。

「本以爲時間尚早，看樣子，得提早了。」

「您說的是？」

「我是說，必須提早傳授你陰陽之道。」

「陰陽之道？」

「有關這天地間的天理與咒術。」

「是。」

「你從這年齡開始便能看到那東西，卻對陰陽之道一無所知的話，

有可能像道摩法師那般誤入歧途。好，以後我盡我所知全部傳授給你。」

忠行意氣風發地說。

「是嗎？」

這個十歲童子的應答口吻，聽起來有點不關己事似的。

然而，忠行還是實現了自己應允之事。

從那天回到家以後，忠行便開始傳授自己所知的一切給兒子保憲。

而保憲也猶如乾渴的大地吸收清水般，將父親忠行所傳授的一切全據爲己有。

二

兩人悠然自得地喝著酒。

在土御門小路的安倍晴明宅邸內。

安倍晴明與源博雅坐在窄廊上，各自在自己酒杯內斟酒，有一杯沒一杯地送到唇邊。

晴明如常地背倚柱子，支起右膝，右肘頂在其上。

他身上輕飄飄裹著寬鬆白色狩衣，漫不經心地望著庭院。

冷冽月光亮晃晃照射在庭院。

那是秋天的庭院。

到處可見敗醬草、龍膽、桔梗。秋蟲在這些草叢中鳴叫。

晴明與博雅之間的窄廊上，擱著一瓶酒。

兩人面前，各自有盛著酒的酒杯。

旁邊另有一只空酒杯。

下酒菜是香魚。

擱在兩人面前的盤子上，各自盛著撒上鹽再烤熟的香魚。

剛烤熟的香魚香味，融入夜氣裡。

「秋天的香魚，總覺得有點悲哀。」

博雅邊說邊用右手中的筷子頻頻按壓香魚背。

「每次到了吃秋季香魚的時節，我總是禁不住爲時間流逝而悲懷。」

「唔。」

晴明無言地點點頭。

香魚，別稱年魚。

成魚於秋季產卵。孵出的小魚順著河川流至大海，在海中成長。再回到出生的河川時，正是櫻花凋謝時期。

魚苗在清流中攝食附在石頭上的硅藻，逐漸成長。秋天水溫下降後，每逢下雨，便逐次往下流移動，然後再度產卵。

產卵後的成魚，無論雌雄，都會就地死亡。
香魚的壽命僅有一年。
在這一年間，牠們經歷了誕生、洄游、成長、年老、死亡整個過程。
「說真的，晴明……」
博雅用筷子切開香魚尾鰭，喃喃低道。
「夏季期間，像嫩葉那般油光蓬勃的香魚，到了秋天，就因年老而浮出鏽斑。這不正如人的一生嗎？」
博雅接著用筷子戳碎魚頭四周的魚肉。
「像這樣吃著秋季香魚，總覺得罪孽深重。可是，如果問，『吃幼魚就不是造孽嗎？』在我說來，吃幼魚好像也是罪孽深重，結果，我感覺不知如何是好。晴明……」
「唔……」
「大體說來，人吃某種東西，等於奪取那東西的性命。不奪取其他性命的話，自己便無法生存下去。這樣看來，人光是生存在這世上，就是罪孽深重的事吧……」

博雅擱下筷子。

「所以，每當在這季節吃香魚，我腦中總會情不自禁地思考此般種種。」

博雅用左手夾住魚頭，右手壓住香魚魚身。

再小心翼翼地挪動夾住魚頭的左手。於是，魚頭與魚骨便自魚身整個抽出。

「喔，我抽出魚骨了！」

博雅左手還拿著香魚魚頭與魚骨，盤子上則留下魚骨完整抽出的魚身。

「晴明，你知道嗎？像我現在這樣做，就可以完整抽出香魚魚骨。」

「是千手忠輔教你的吧？」

「對。自從黑川主那事件以來，忠輔有時會到我的宅邸，送我鴨川捕來的香魚。」

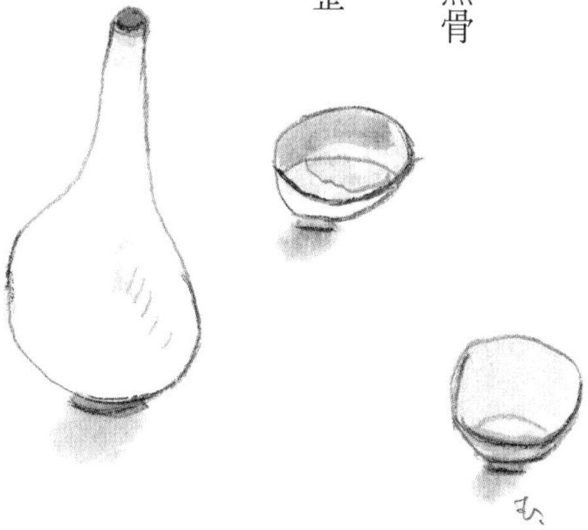

去除背鰭和胸鰭，博雅啃起香魚。
「這香魚有魚卵。」博雅說。
盤子上只剩下香魚的魚頭、魚骨、胸鰭、背鰭、尾鰭。
「對了，晴明……」
博雅伸手拿酒杯，望了一眼晴明。
「幹嘛？」
「從剛剛開始，我就一直很在意一件事。」
「怎麼了？」
「那邊那個空酒杯。」
博雅用眼色示意一直擱在窄廊的另一個空酒杯。
「哦，那個啊？」
「爲什麼把空酒杯擱在這兒？」
「因爲等一下有客人來。」
「客人？」
「你說要來我這兒之後，對方派來隨從，說今晚有事非見我不可。」

「那客人要見你？」

「沒錯。我表示今晚已有訪客，對方卻堅持一定要來，只好答應讓對方來。那酒杯是給訪客用的。」

「訪客是誰？」

「是……」

晴明將酒杯送到脣邊，含了一口酒後，脣邊浮出難以言喻的表情。

看似爲難、又似苦笑的表情。

「眞希奇，晴明，你竟然會有這種表情……」

「老實說，我有點爲難……」

「爲難？你？」

「沒錯。」

「訪客到底是何方人物？」

博雅好像很感興趣，大聲地探身問。

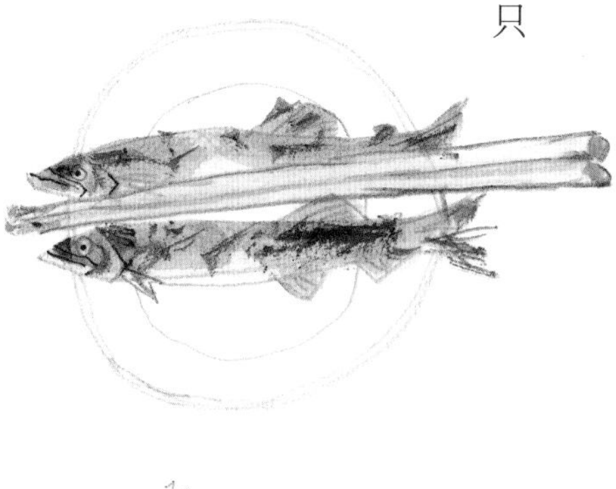

「這位訪客通常是有事相求才會親自來這兒，平常都按兵不動。」

「喔。」

「而他每次的委託都很棘手。」

「結果那位訪客到底是誰？」

「答案好像不必我現在回答了。」

「爲什麼？」

「看樣子，那位訪客已經來了。」

晴明將視線移到庭院。有個身穿十二單衣、全身發出朦朧綠色燐光的女人，正站立在月光下。

「晴明，是式神嗎？」

博雅望了一眼庭院，問道。

晴明微微收回細長下巴，點點頭，再問庭院的女人：

「蜜夜呀，是不是訪客來了？」

「是。」

稱爲蜜夜的女人頷首。

「帶來這兒吧。」

「已經來了。」

蜜夜剛說畢，身後便出現一個影子。

「哇……」

博雅看到那影子，小聲叫了出來。

原來慢騰騰出現在蜜夜身後的，是一頭巨大野獸。

「老虎？」

博雅撐起上半身。

確實如博雅所說，那是老虎，但毛色有點不同。

若是老虎，應該是黃毛黑紋，而眼前的老虎身上卻找不到任何斑紋。

那是一頭全身漆黑的老虎。

老虎悠哉地撥開敗醬草叢，穿過駐足原地的蜜夜身邊，往窄廊前進。

綠色雙眸有如燐光在黑暗中燃燒。

微微張開的口中，像鮮血般赭紅的長長虎牙因反射月光而白晃晃的。

有人騎坐在黑虎上。

那人不是跨在虎背，而是側身坐在未擱任何鞍具的虎背，笑容可掬地望著晴明。

男子穿著黑色狩衣。

「別慌，博雅。」

晴明舉起自己的筷子，伸至博雅的盤子。

盤子上有博雅方才吃剩的香魚。說是吃剩的，其實僅剩魚頭、魚骨、背鰭、胸鰭與尾鰭。

晴明用筷尖挑起橫躺的香魚魚頭，將魚頭與魚骨豎立成香魚本來在水中游泳的姿勢。

魚骨上安放背鰭，胸鰭放置在左右。

最後用筷尖挑起尾鰭，擱在原本的位置——與魚頭完全相反的另一側。

接著用筷尖貼在魚頭上，口中低聲詠唱短咒。

再向香魚「呼」地吹了一口氣。

結果……

只剩魚頭和魚骨的香魚，竟在宛如有流水的盤子上，搖搖晃晃地順著流水游出去。

香魚魚骨划動著背鰭、胸鰭、尾鰭，在月光下朝黑虎與騎坐其上的訪客游去。

「這……」

博雅叫出聲。

老虎見香魚魚骨游過來，宛如喉嚨深處飼養著雷電，口中咕嚕咕嚕發出低沉呻吟。

接下來的瞬間，老虎「轟」地大吼，朝香魚猛撲過去。

博雅只看到這裡。

因爲朝香魚猛撲過去的老虎，突然消失了蹤影。

庭院夜色中，只剩下蜜夜與穿著黑色狩衣的男子，立在月光下。

「啐！」

黑色狩衣的男子以左手搔著頸後，蹲下身，伸出右手從草叢中抱起一隻小動物。

是隻小黑貓。

那隻貓小得有如出生不久的幼貓。不過，觀察其容貌和體態，似乎是成獸。

小貓不停翕動著口，似乎在咬嚼某種東西。

藉月光仔細一看，原來是香魚骨。

「牠的尾巴分岔爲二股！」博雅說。

果然如博雅所說，那黑貓的長尾末端分成兩支。

「博雅，那是貓又（譯註：nekomata，尾巴分叉的妖貓通稱）。」晴明道。

「貓又？」

「是那位大人的式神。」

晴明若無其事地回答。

身穿黑色狩衣的男子將黑貓攬入懷中。

接著，面帶笑容說：

「晴明，我依約來了。」

「歡迎光臨，賀茂保憲大人……」

晴明那宛如塗上胭脂的紅脣，也浮出若有似無的微笑。

三、

繼續喝酒。

現在多了保憲，加上晴明與博雅，總計三人。

「真是過意不去，讓您受驚了，博雅大人……」

保憲將酒杯送到脣邊，說道。

對方既是賀茂保憲，博雅當然認識。

方才因事出突然，猛然間沒認出來而已。

在晴明之前，賀茂保憲也曾任職於陰陽寮，歷任天文博士、陰陽博士、曆博士，之前任職主計頭（譯註：掌管租庸調的官署，「頭」是主管），目前兼任穀倉院要職。

當然，博雅的官位比保憲高，因此保憲的口吻比較客氣。

但博雅對保憲講話的態度，也是謙虛禮讓。

「說實話，我嚇了一大跳，還以爲出現了眞的老虎。」

「要到晴明這兒來，不出些花樣不行。」

保憲爽朗回道。

「你覺得這酒味道怎樣？」晴明問。

「是三輪（譯註：位於日本奈良縣櫻井市內）的酒？味道相當不錯。」

保憲又將酒杯送到唇邊。

晴明舉起酒瓶往保憲的空杯斟酒，問道：

「話說回來，保憲大人……」

「嗯？」

「你今天來的目的是……」

保憲聽畢，用另一隻手搔了搔頭，說：

「老實說，我碰到棘手的事。」

但他的表情卻從容不迫。

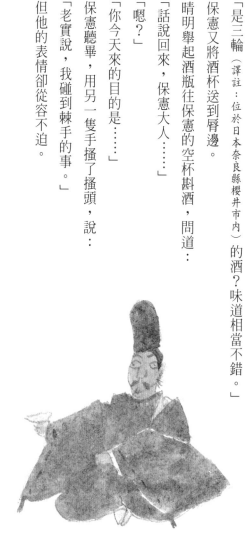

「什麼事？」

「頭顱。」保憲說。

「頭顱？」

「藤原爲成好像被奇妙的頭顱附身了。」

「奇妙的頭顱？」

「你聽我說吧，晴明。事情是這樣的……」

於是，保憲開始講述事情的來龍去脈。

四

三天前……

賀茂保憲在清涼殿遇見藤原爲成。

那時，保憲辦完事，正想通過遊廊前往清涼殿，湊巧與藤原爲成正面相遇。

藤原氣色不佳，雙頰消瘦。

連保憲走到眼前也沒發覺。

「爲成大人。」

保憲叫喚爲成，爲成才察覺眼前有人。

瞬間，爲成縮了一下身子，知道是保憲叫喚自己，才鬆了一口氣。

「原來是保憲大人，有什麼事嗎？」爲成說。

「你的面相，看起來不太好。」

「面相？」

「是。」

保憲點點頭。

雖然保憲目前擔任穀倉院要職，但過去曾在陰陽寮任職，是眾所周知的事。

即便已不在陰陽寮任內，卻仍是陰陽師名門賀茂家的當家，許多門生現在亦於陰陽寮中任職。

安倍晴明年少時，也是拜賀茂家的賀茂忠行爲師。

突然被保憲叫住，保憲又指出「面相不太好」一事，爲成當然暗吃一驚。

「你的面相，看起來好像剛從墳墓爬出來的死人。」

聽保憲如此說，爲成當下面如土色，泫然欲泣地說：

「求、求求你……」

又宛如驚弓之鳥，緊緊抓住保憲。

「請你救救我，請你救救我……」

然而，畢竟兩人所在之處非比尋常。

這兒是通往清涼殿的遊廊中途，在此地被爲成纏住，保憲也幫不了忙。

甚至進退兩難。

「爲成大人，這兒是公共場所。」保憲說。

爲成聽畢，鬆開了保憲。

大概也爲自己慌亂失度的態度而感到羞慚，他調整呼吸，說：

「保憲大人，能不能請你抽出時間，我們到別的地方……」

「別的地方？」

「不瞞你說，我現在正爲了某件事而陷於極可怕的境遇。」

「可怕？」

「是。爲了這件事，想請你幫我斟酌一下……」

「原來如此。」

「保憲大人，這件事，若非你們這種人，絕對無法應付。」

「我們這種人？」

「就是陰陽師……而且必須是道行高深的陰陽師……」

「既然如此，你可以到陰陽寮求救呀。陰陽寮那兒不是有安倍晴明……」

「我剛剛去過了，聽說安倍大人出門了……」

「難道也不在宮中？」

「聽陰陽寮的人說，安倍大人與源博雅大人相偕到逢坂山，去聽蟬丸法師大人彈琵琶……」

「喔……」

「我正不知該如何是好，湊巧保憲大人叫住我……」

「原來是這樣。」

「能不能請你抽出時間聽我講述？我需要你的幫助。」

爲成既如此說，保憲也不好一口拒絕，只好點頭：

「好吧，那我就洗耳恭聽了。」

五、

「早知事情會變成這樣，當初我也不會叫住爲成大人了……」

保憲將酒杯送到唇邊說。

保憲盤腿而坐，雙腳之間，黑色的貓又閉著雙眼蜷成一團。

喝了一口酒，保憲擱下酒杯。

保憲用手指沾了杯中的酒，再將沾了酒的指尖伸至貓又鼻前。貓又微微睜開雙眼，露出綠色瞳孔，再伸出赤舌，舔了保憲指尖上的酒。

保憲又將手指往下滑，輕搔貓又喉嚨。貓又稱心地閉上眼睛，喉嚨咕嚕咕嚕作響。

「可是，當時爲成大人面呈死相，所以我才情不自禁叫住他……」

「死相啊……」

「嗯。」

「……」

「晴明，你當時要是在陰陽寮就沒事了……」

「眞是抱歉。」

「聽說你到逢坂山蟬丸法師大人那兒……」

「那時我和博雅大人在蟬丸法師大人那兒，邊聽琵琶邊享受美酒。」

「啐！」

保憲收回在貓又喉嚨呵癢的手指，搔著自己鼻尖。

「結果，你去了嗎？」晴明問。

「爲成大人的事嗎？」

「是。」

「去了。」

「在哪兒聽他講述事情？」

「牛車內。」保憲說。

六、

爲成的牛車停駐在牛車出入口臺階旁，兩人便在牛車內商討。因爲不想讓第三者聽到，才選擇了牛車。

兩人進入爲成的牛車後，放下垂簾，打發了隨從。

爲成就在牛車內講述起事情。

「不瞞你說，前一陣子開始，我到某女子家訪妻……」

爲成低聲說起。

「女子？」

「是藤原長實大人的千金，名叫青音……」

「發生了意外嗎？」

「本來一切都沒事，可是，某天夜晚，在青音姬宅邸前，我撞上某位大人。」

「是嗎？」

「對方是橘景清大人……」

「青音姬腳踏兩條船，卻陰溝裡翻船了？」

「也可以這樣說。」

「接下來呢？」

「我和對方都互不相讓。我不讓，景清大人也不讓。青音姬也很迷惘，不知該選誰。最後，大家說好另擇日期，讓青音姬考慮，看是要選我，還是選景清大人。」

「然後呢？」

「幾天後，青音姬送來一封信。」

「哦，信……」

「信中寫著，要我夜晚到一條六角堂。」

「一條六角堂？是那座塵封的六角堂？」

「是。那是先皇時代建立的佛堂，原本預計安放觀音菩薩雕像，但佛像還未完成，雕刻師卻過世了。結果佛堂就那樣空著，裡面什麼都沒有。」

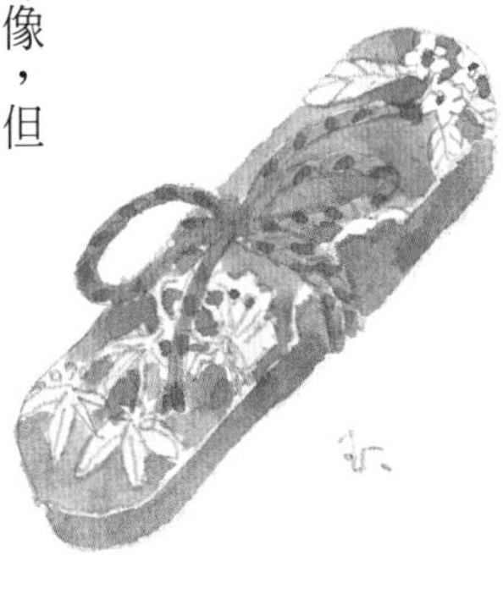

本來就是小佛堂。

只要從入口往前伸直雙手走個十來步，指尖便可以觸碰到正面牆壁。

裡面不但沒安放任何佛像，更長年棄置，任憑風吹雨打，以致破爛不堪。

由於無人使用，鮮少有人打開門戶，因而稱爲塵封的六角堂。

「青音姬叫你到那兒？」

「是。信中還吩咐要我單獨一人去。」

「結果，你去了？」

「是。」

「這是什麼時候的事？」

「昨晚的事。」爲成說。

爲成對保憲的態度，不知不覺中益發恭順，似乎已全心全意想仰仗保憲的力量。

據說，昨天夜晚，爲成出了宅邸。

搭牛車來到六角堂後，爲成吩咐隨從翌晨再來接他，便讓隨從與牛車回去。

六角堂內似乎點著一、二盞燈火。

爲成跨入六角堂，發現青音姬與橘景清端坐著。

「原來不只我一人？」爲成問。

「爲成大人，我也想將你的話原封不動送回給你。」景清回道。

爲成對景清的話充耳不聞，轉向青音姬，問道：

「青音姬呀，妳刻意叫我來這兒，難道今晚有什麼好玩的遊戲嗎？」

大概是隨從在白天搬進了雲錦滾邊的榻榻米，青音姬坐在其上，文靜微笑。

燈火有兩盞。

地板上也準備了酒瓶與酒杯。

酒杯有三只。

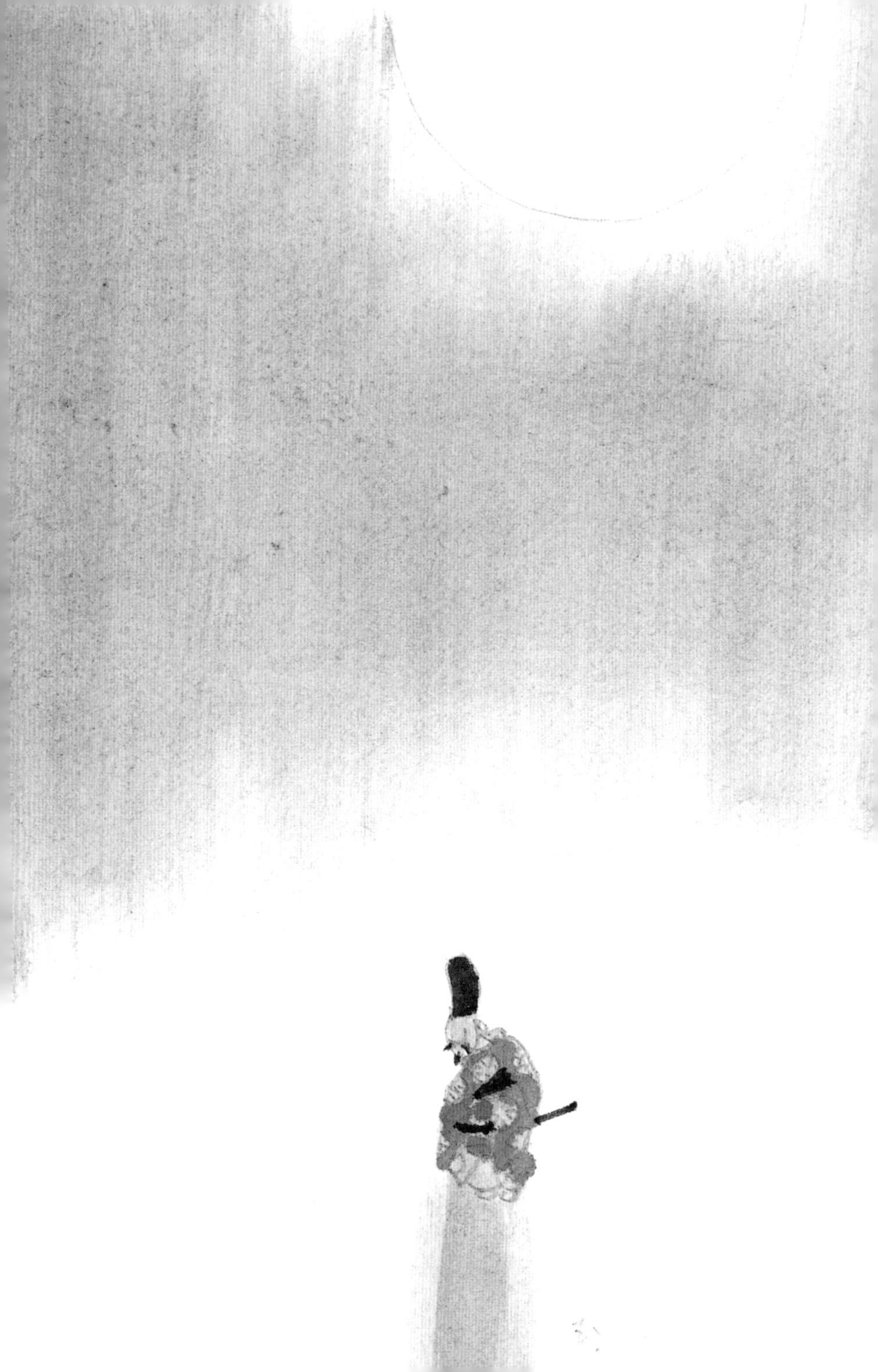

四周不見任何隨從。

大概青音姬與景清都讓隨從回去了。

要是在這種地方遭受盜賊襲擊，三人只能束手就擒。而青音姬竟以這種方式叫人來赴宴，實在是異想天開的千金小姐。

但是——

或許正因爲她這種個性，自己和景清才會迷戀上她——爲成如此暗忖。

仔細想想，除了自己和景清，應該還有其他男子到青音姬宅邸訪妻。

只是湊巧自己和景清撞上了而已。說不定這一切還是青音姬暗地安排的。

全爲了今晚的宴會……

自己與景清或許只是配合青音姬的玩興，飾演兩個爭奪女子的男子而已。最起碼，自己是這樣想的。

因此，自己才故意說出「遊戲」這個詞，讓青音姬及景清也能心照不宣。

如果青音姬依據遊戲結果而選擇自己，當然正中下懷。

反正，今晚的事遲早會傳進宮中眾人耳裡，成爲宮中的閒言閒語。

既然自己是傳言中的主角之一，那就盡可能扮演好角色。爲成內心如此盤算。

若今晚的事是青音姬一開始就策劃好的，那麼，自己和景清便是被選中的人。

光是如此想，爲成便感覺很光榮。

「喔，是呀，是呀。」

景清聽爲成說出「遊戲」一詞，也點點頭。

「青音姬呀，妳今晚到底準備了什麼好玩的遊戲？」

聽爲成和景清如此問，青音姬艷麗地微笑說：

「今夜，是滿月。」

「滿月？」爲成問。

「不用提燈也可以走夜路。」

「妳是說，我們今晚要走夜路？」景清問。

青音姬不回答，向兩人勸酒：

「請喝吧。」

爲成和景清舉起杯子，青音姬拿起酒瓶交互在兩人的杯中斟酒。

望著兩人將酒杯送到脣邊，青音姬說：

「從這兒到船岡山途中，有座首塚，你們知道嗎？」

「當然知道。」

兩人均點點頭。

這座首塚埋有五顆頭顱。

約二十年前，藤原純友之亂興起，朝廷派小野好古等人鎮壓。天慶四年，純友遭誅殺。

然而，純友的餘黨又淪爲盜賊，在伊予、讚岐、阿波、備中、備後等地爲非作歹，甚至在京城附近作案。最後，巡捕捉拿了五名首謀，押回京城，判處死罪。

五人全身活埋在鴨川河灘示眾，只露出頭顱於地面，整整十天，不給吃也不給喝。

每天都有人送食物到他們眼前，但只是讓他們看，不讓他們吃。他們可以聞到眼前地面上食物的味道，卻無法入口。

「拜託給我吃一口……」

「就算吃完後會遭斬首，我也甘願，給吃一口吧。」

「餓呀。」

「餓呀。」

就算哭著哀求，五人依然吃不到任何一口東西。

而野狗與烏鴉卻在他們眼前大快朵頤。

野狗啃咬他們的臉頰，烏鴉啄食他們的眼珠。

罪人能夠活十天，可說是不可思議。

這十天中下了三次雨，正是這些雨水潤了他們的喉嚨。要是沒下雨，恐怕撐不過七天。

第十天，執刑的衙役才將他們挖出來斬首。

大概衙役怕他們死後作祟，某人在罪人眼前拋出拳頭大小的石頭，說：

「吃吧，是飯糰。」

罪人誤以爲石頭眞是飯糰，各個伸出脖子，結果，依次被斬下頭顱。

斬下的頭顱，每顆都滾到石頭旁。據說，其中之一甚至眼睜睜地咬著石頭斷氣。

原來，衙役故意讓罪人的注意力集中在石頭上，而非集中在執刑者身上。如此，罪人便無法記住執刑者的臉，死後，也就無法向執刑者作祟。

衙役將罪人的頭顱埋在一起，做了個墳塚，再將那石頭擱在墳塚上。

但事到如今，聽說夜晚每逢有人路過那墳塚，總會聽到傳自墳塚的聲音。

「餓呀……」

「餓呀……」

「拜託賞點吃的……」

「你身上的肉也可以，請給我吃……」

「餓呀……」

「餓呀……」

「喔……」

「喔……」

據說這種聲音會自背後傳來，一路追趕路過的人。

當然，這只是傳聞。

爲成和景清都從未實際聽過這種聲音。

「首塚怎麼了？」景清問。

「我想請兩位今夜到首塚一趟。」

青音姬面露微笑，說得若無其事。

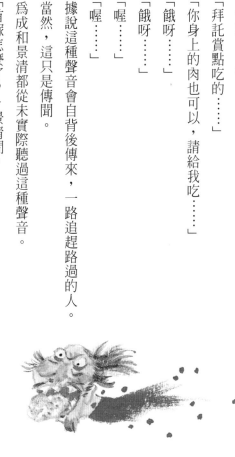

七、

「這不就和《竹取之翁》那故事的內容一樣嗎？」

說這話的是博雅。

博雅聽保憲描述事情的原委後，不假思索便說出這樣的話。

原來青音姬替爲成、景清安排了如下的遊戲：

首先，先讓爲成與景清其中一人離開六角堂，走夜路到首塚，再回到六角堂。爲了證明走完全程，而非中途折回，此人必須帶回擱在首塚上那個成人拳頭大小的石頭。

其次，第二個人再將那石頭帶出去，放回首塚原地。

「第二個人有沒有將石頭放回首塚，明日早晨我們三人到首塚去確認就行了。」

青音姬當時如此說，又加一句：

「只要能辦到這件事，青音便是他的人。」

「萬一兩人都辦到了怎麼辦？」為成問。

「到時候再來想別的花樣嘛。」

青音姬答道。

博雅正是聽到這裡，才情不自禁說出這宛如《竹取之翁》的故事。

《竹取之翁》別名《竹取物語》，又以《輝夜姬》之名廣為人知。

是五位貴公子對來自月亮的輝夜姬求婚的故事。

輝夜姬向這些求婚男子提出幾個難題。她向石作皇子要「釋迦牟尼用過的佛缽」，向車持皇子要「東海蓬萊山的玉枝」，向右大臣阿部要「唐國的火鼠皮衣」，向大納言大伴要「龍首五色玉」，向中納言石上要「燕窩貝殼」。

如果有人尋著了這些物品，輝夜姬願意嫁予此人為妻。

在這個晴明與博雅自由呼吸京城空氣的時代，《竹取之翁》故事與漢文書籍並列爲宮中基本教養書之一。

「這遊戲倒很像青音姬的作風。」晴明說。

「結果呢？兩人都去了？」博雅問。

「嗯，去了。」

右手食指撫弄貓又喉嚨的保憲回道。

八

順序以抽籤決定。

青音姬握著事前準備好的石子，再讓爲成與景清猜測石子在左右手掌哪一方，猜對的人先上路。

景清猜對了。

因此，先上路的人是景清。

爲成在六角堂與青音姬邊喝酒邊等景清回來，景清卻遲遲不歸。

離景清理當回來的時間又過了半個時辰，景清依然不回來。雖然途中有山路，但並不難走。

推開格子板窗往外看，只見令人嘆爲觀止的滿月懸在中空。在這種月光下，的確不用火把也可以走夜路。

難道途中被鬼吃掉了？還是遭遇盜賊了？

甚或被首塚內的罪人之靈給拉進去了？

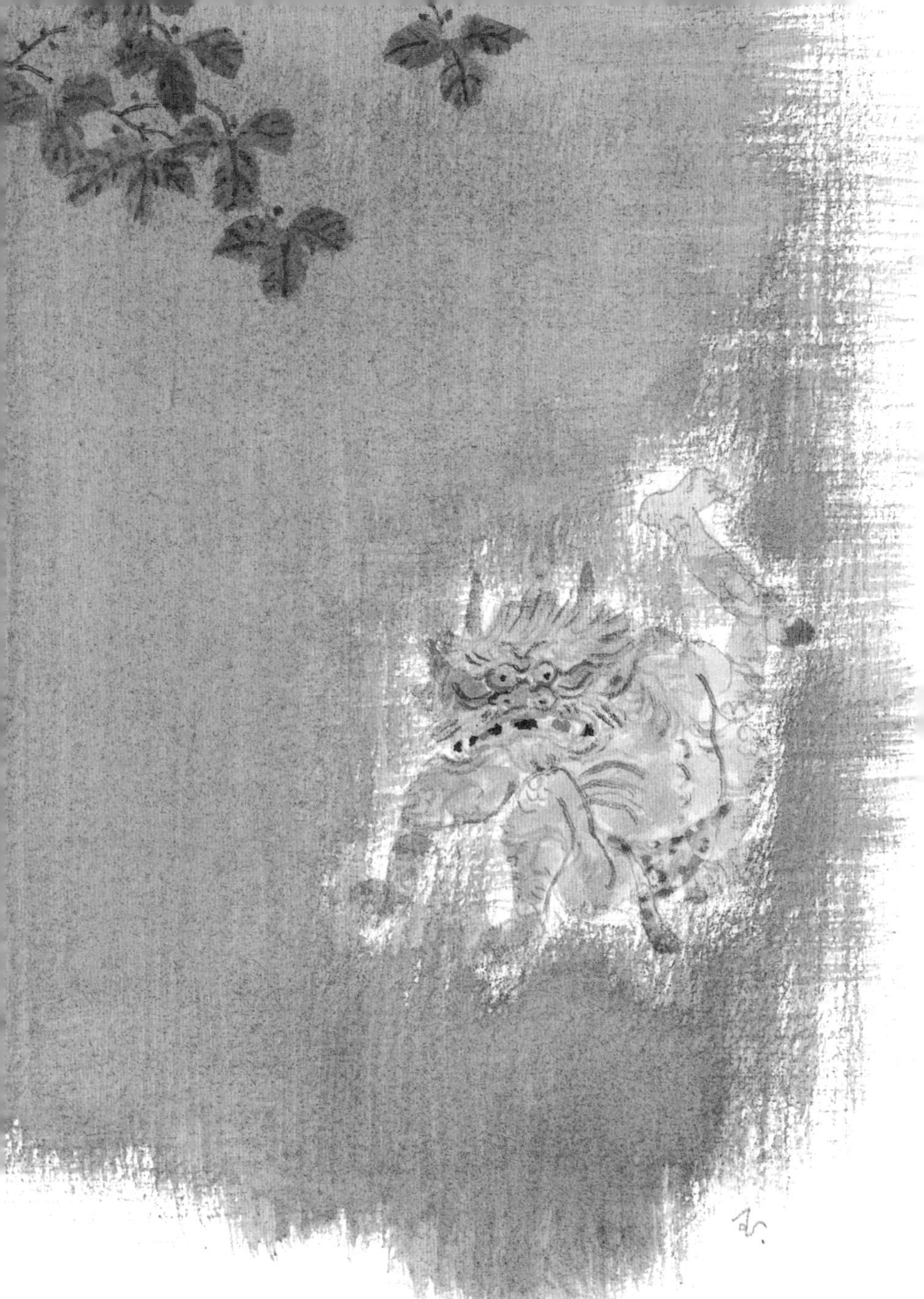

還是……

「因害怕而中途逃走？」

爲成舉著酒杯喃喃自語。

即使中途逃走，爲成也不算勝過景清。爲了勝過景清，爲成必須親自到首塚一趟，帶回擱在首塚上的那顆石頭。

然而，自己若離開六角堂，這兒便只剩青音姬一人。雖說這遊戲是青音姬提議的，但單獨一人留在這兒，應該也會膽戰心驚吧。

也許，會哀求自己不要去。

如果青音姬開口阻止，那爲成當然沒必要去，這場勝負，理應算是爲成不戰而勝。

爲成在內心暗忖，自己若開口說要去，青音姬必定會阻止自己。

深信事情應會如此的爲成，遂擱下酒杯，向青音姬說：

「青音姬呀，景清遲遲不回來，我去探看一下吧？」

「是嗎？那太好了。」

青音姬一口答應。

「我剛好也正想拜託爲成大人去取石頭，順便探看一下景清大人到底怎麼回事。你這樣說，實在太好了。」

既然青音姬如此說，爲成也就沒退路可走。

「如果我取來首塚上的石頭，這場遊戲可以算是我勝了嗎？」

「當然。」

青音姬頷首。

九、

爲成往前走著。

走在夜路上。

他即將走上通往船岡山的坡道。由於月光明亮，夜路比預料中更好走。

但是，好走歸好走，夜晚要走到首塚，畢竟不是愉快的差事。

內心很害怕。

景清那小子……

「一定逃走了。」

爲成自言自語。

大概將牛車停駐在六角堂附近吧。

景清叫來牛車，搭乘牛車回家去了也說不定。一定是這樣。

難道這也是青音姬想出的花樣之一？

爲成暗忖。

或許是景清和青音姬串通好，策劃了什麼鬼主意。即便如此，自己也無法看穿他們的詭計。

總之，只能繼續前進。

走上坡道，小徑左右上空都是樹木枝頭，掩蔽了半邊月光。

四周很昏暗。

爲成幾度因絆到樹根和石頭而跌倒。

不知是第幾次，爲成又絆倒了，隻手撐在地面。

無意中抬眼一看，看到某樣東西。

是人。

有人倒在地上。

爲成站起身，挨近再仔細一瞧，果然是人，而且是具屍體。

身上穿的衣服很眼熟。

「景清大人……」

爲成低道。

倒在地上那人，的確是離開六角堂許久的橘景清。

爲成伸手觸摸，發現景清的衣服似乎濕漉漉的，指尖感覺很滑膩。

而且有一股血腥味。

是血。

爲成大吃一驚。

再仔細一看，那屍體沒有頭顱。

爲成手指所觸摸的衣服，也格外單薄平坦。
濕答答的一點肉體感觸都沒有。
指尖甚至碰觸到某種堅硬東西。
屍體上沒有肉！
原來，景清的屍體只剩下一具骸骨。
「哎呀！」
爲成大叫，想站起身。
卻站不起來。
他已經嚇得全身癱軟。
爲成野獸般地用雙膝、雙手四處爬動，想逃離現場。自己也不明白到底想逃離什麼。總之，就是想逃離現場。
爬著爬著，右手觸到某樣東西。
不假思索抓到眼前，竟是支肘部以下的手腕。
是景清的右腕。
「哇！」

爲成大叫，想拋出手腕，但手指卻緊緊抓住那手腕，拋不開。

而且手腕很重。

看來，景清的右手似乎握著某種東西。定睛一看，原來是成人拳頭大小的石頭。

啊，這就是那個石頭……

爲成暗忖。

那麼，景清的確去了首塚？

然後，歸途中遭遇這種慘變？

爲成好不容易才掙扎站起身來。

勉強按捺住顫抖不已的膝蓋，跨出腳步。其實很想奔逃，但腳步踉蹌，跑不起來。

不知何時，爲成左手竟握著那石頭。

手中握著石頭，爲成繼續往前走。

要盡快回頭。

要盡快離開這兒。

由於景清的手也不放開石頭，自然而然，爲成所握的那石頭下，便懸掛著景清的手腕。

爲成手上懸掛著手腕，繼續往前走。

走著走著，膝蓋仍時時會屈折，腰部下沉，幾乎將癱軟在地上。

不過，還是勉強可以走。

爲成漠然不覺自己手上提著景清的手腕在走路。

他的思考，已經停頓在「必須將這石頭帶回青音姬那兒」。

爲成往前走著。

月光照在他身上。

他的雙眸垂掛著兩串淚珠。

突然——

耳邊傳來某種聲響。

那聲響很輕微。

似乎是兩種堅硬的東西互相碰撞。

咯噹！

咯蹬！
咯噹！
似乎不只二、三個。
有好幾個同樣的聲音傳來。
咯噹！
咯噹！
咯蹬！
後方也傳來同樣聲音。
那聲音逐漸挨近。
逐漸挨近的同時，聲音也逐漸增大。
咯蹬！
咯噹！
喀嗤！
喀嗤！
喀嗤！

爲成很害怕。

怕歸怕，卻不敢回頭。

正當爲成想揚聲大叫、拔腿飛奔，突然有某種力量將爲成的左手往橫一拉。

左手傳來類似釣上大魚的那種震動。

爲成瞄了一眼自己的左手，「哇」地大叫出來。

原來，吊在爲成手下的景清手腕給兩顆披頭散髮的頭顱咬住。宛如野狗撕咬肉塊那般，頭顱左右搖晃。

爲成禁不住鬆開手。

將景清的手腕拋出去。

「哇！」

爲什麼將手腕帶到這兒？

爲什麼途中沒丟掉？

爲成不在乎什麼石頭了。

青音姬的事，也不放在心上了。

「餓呀……」

「餓呀……」

耳邊傳來聲音。

低沉又令人毛骨悚然的聲音。

咯噹！

咯蹬！

喀嗤！

喀嗤！

那是頭顱咬牙切齒的聲音。

「這小子，竟膽敢奪取我們的食物！」

「這可是我們久違二十年的食物！」

爲成抬眼一看，發現月光下懸空浮著幾顆頭顱，正瞪視爲成。

む.

「爲成……」

「爲成……」

聲音又傳來了。

是爲成熟悉的聲音。

仔細一看，幾個頭顱之中也有景清的頭顱，正以怨恨的眼神望著爲成。

「爲成，你打算自己帶回石頭，博得青音姬的歡心吧……」

這以後的事，爲成完全不記得。

只記得「哇」地大叫一聲，拔腿飛奔。

死命奔跑，好不容易才回到六角堂。

「姬，姬呀，青音姬呀，青音姬呀。」

爲成關上大門，吧嗒吧嗒拉下格子板窗。

「爲成大人，什麼事令你如此慌張呀？」

「景清大人被頭顱吃掉了！」

爲成口乾舌燥地回道。

「是嗎?」

望著面帶微笑的青音姬，爲成不禁不寒而慄。

坐在眼前的青音姬，身軀面對的方向與臉孔面對的方向不一致。

身軀明明背對爲成，臉孔卻面向爲成。如果是轉著脖子回頭面向爲成，肩膀與背部應該或多或少也會扭轉過來，但青音姬卻只是臉孔面向爲成。

此時，爲成總算察覺到一件事。

青音姬的坐席四周，有一圈往外擴散的東西。

是血。

爲成又察覺到遍地零星散落著紅色碎片。

是人肉。

「怎麼了?」

青音姬的頭顱在燈火亮光下，輕飄飄浮在半空。

她身上的十二單衣掉在榻榻米上堆成一團。

「哇!」

爲成大叫一聲，拔腿往前衝。

衝向浮在半空的青音姬頭顱。

爲成抓下青音姬頭顱，再跑向還未拉下來的格子板窗前。

「你想幹什麼?爲成大人！」

爲成將發出斥喝的青音姬頭顱往外一拋，接著拉下格子板窗。

拋出頭顱時，雖然被咬破了右手手指，但爲成還是慶幸能即時將頭顱拋出去。

咚！

爲成還來不及鬆下一口氣，便有某種重物在撲撞格子板窗。

咚！

砰！

砰！

頭顱在撞擊板窗。

「爲成大人，請開窗呀。」

聲音傳進來。

「你的肉給我吃呀。」

「餓呀。」

「餓呀。」

魂飛魄散的爲成從板窗縫隙往外一看，只見幾顆頭顱在月光下的空中飛舞。

那些頭顱在撞擊板窗。

咚！

砰！

咚！

砰！

「爲成大人……」

「爲成大人……」

「你的肉給我們吃呀！」

「給我們吃呀！」

咚！

砰！

爲成淚流滿面地喃喃唸經。

幸好，頭顱缺乏擊開板窗或門戶的力量，不久，東方上空也逐漸發白。

「哦，快天亮了。」

「哦。」

「哦。」

「無所謂，反正我知道爲成住在哪裡。」

景清的聲音響起。

「我也知道。」

青音姫的聲音也響起。

「今晚再去他家吧。」

「是呀，今晚去他家。」

「去吃他的肉。」

「嗯。」

「嗯。」

如此，外面終於安靜下來。

陽光射進六角堂時，爲成等不及牛車來接，便衝出六角堂逃之夭夭。

十

「結果，正是那天中午，我在清涼殿的遊廊遇見了爲成。」保憲說。

「原來如此。」晴明點點頭。

「然後，這三夜來，我都守護著爲成大人的安全……」

「發生了什麼事嗎？」
「是啊，晴明，這事很麻煩……」
「麻煩？」
「光是保護爲成大人的安全，只要在宅邸適當之處貼上幾張符咒，再關緊板窗就沒事了。」
「今晚呢？」
「我給爲成大人四張符咒了。雖說多少得受點驚嚇，不過只要不打開板窗，應該沒事。問題是……」
保憲頓住口，望著晴明，接著說：
「總不能每晚都這樣下去吧。」
「以保憲大人的力量，應該可以讓那些頭顱不再出現……」
「當然可以。」
保憲點點頭，接道：
「我是有幾個方法可讓那些頭顱不再出現。若問我辦不辦得到，答案是辦得到。可是……」

「可是什麼？」

「晴明，你應該知道我想講什麼。我向來最怕捲入麻煩事。光想到那些應付頭顱的方法，我就累得要死。要我趴在地上找東西，或出門到處去拜託別人暗中處理事情，我做不來。」

「我知道。」晴明苦笑。

「光是派人到六角堂尋找屍體，再將屍體運到各自的宅邸，我就想撒手不管了。雖然目前尚未曝光，但景清大人和青音姬到底如何死的，總有一天會傳出來吧。」

「是啊。」

「所以我想在事情曝光前解決。」

「解決？」

「晴明，你來接棒好不好……」

「接棒嗎？」

「是啊。說來說去，這本來是你應該接下的工作。我已經代你做了一半，剩下的換你來做……」

「換我做嗎？」
「對。」
保憲事不關己地將酒杯送到脣邊。
「首塚那邊，現在怎麼了？」晴明問。
「我沒去看，但聽說五個頭顱全都自首塚中脫逃了。」
「擱在首塚上那石頭呢？那石頭上，應該寫著什麼東西吧？」
「石頭上寫著『封・靈』二字。不過，字已經消失了……」
「如果我沒記錯，那是二十年前淨藏上人寫的吧？」
「正是。將門之亂、純友之亂那時，淨藏大人爲了降伏惡靈，曾經修得大威德法。」
「淨藏大人目前身居東山雲居寺吧？」
「晴明，連這點你都知道的話，那剩下的事不就可以一手包辦？」
「可以是可以……」晴明苦笑。
「有其他問題嗎？」

「那石頭，現在在哪裡？」

保憲聽晴明如此問，放下右手的酒杯，將右手伸入懷中。

抽出手時，手中握著成人拳頭大小的石頭。

「在這兒。」

「既然你都準備好了，我大概也不能拒絕。」

「萬事拜託。」

保憲語畢，又伸手舉起酒杯。

十六

「這樣就可以嗎？」

說此話的是博雅。

兩人身在藤原爲成宅邸。

博雅的隨從實忠正站在窄廊上用繩子綁住一頭狗屍，倒栽蔥地懸掛在屋簷下。

那是實忠在京城內找來的野狗屍體。

「嗯。」

晴明點頭。

屍體臭氣沖天，站在庭院中的晴明與博雅也能聞到。

這是因爲狗屍全身塗滿了蔥汁。

「接下來，就等夜晚來臨吧。」晴明說。

十二

夜晚。晴明與博雅靜坐在黑暗中。

格子板窗都緊緊關上，也不點任何燈火。

眾人中，只有藤原爲成呼吸急促。

實忠半跪在懸掛狗屍的屋簷附近，耳朵貼在板窗上。

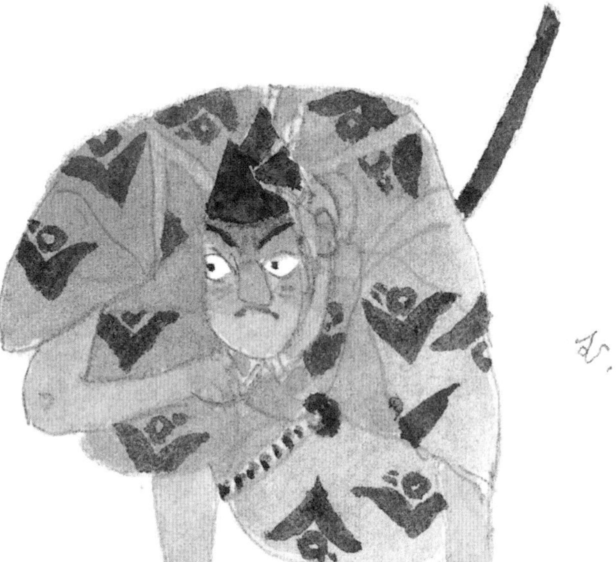

「好像有聲音。」實忠說。

不久，那聲音也傳至博雅耳裡。

那聲音咯噹、咯噹作響。

其間也傳來牙齒咬合的喀嗤、喀嗤聲。

聲音逐漸挨近。

「餓呀……」

「餓呀……」

「爲成大人，你今晚仍貼了符咒、緊閉板窗嗎？」聲音說。

過一會兒，那聲音又異口同聲地說：

「喔，這兒有肉！」

「是狗肉！」

「是肉！」

接著傳來咬食狗肉的嘖嘖聲。

那聲音立即變成野獸將獵物狼吞虎嚥的嘖咂。

「博雅，你看……」

聽晴明如此說，博雅從板窗縫隙往外觀看，只見飛舞在半空的七顆頭顱，緊緊咬住懸在簷下的狗屍，在月光中大啖狗肉。

「太悽慘了……」博雅低道。

眾頭顱咬住狗屍，大口大口地咬食狗肉，但吞下的狗肉卻都從頭顱下方掉落在地面或窄廊上。

六角堂地板上那些碎肉，大概是青音姬的人肉遭頭顱如此咬食後、掉落下來的吧。

這樣一來，有吃等於沒吃，肚子根本塡不飽。

「喔，餓呀。」

「餓呀。」

「吃得再多，還是餓呀。」

頭顱的聲音傳進來。

不久，又傳來令人毛髮皆豎的聲音。

咯吱！

咕咚！

嘎吱！

咕吱！

是啃咬狗屍骨頭的聲音。

再過一會兒，那聲音消失，緊接而來的是頭顱四處撞擊宅邸牆壁的聲音。

「開門呀。」

「給我們吃肉呀。」

「爲成大人……」

「爲成大人……」

聲音整整鬧了一夜。

將近天亮時，四周才突然安靜下來。

朝陽升上後，眾人來到外面，只見窄廊、地面、屋簷下，遍地都是啃食過的狗肉與骨，慘不忍睹。

「該走了。」

晴明催促博雅與實忠。

實忠肩上扛著一把鋤頭。

另有一隻白狗忙碌地嗅著地面、空氣中的味道，帶領三人往前走。

「牠在追蹤蔥汁味道。」晴明說。

不久，白狗鑽進爲成宅邸庭院中另一棟房子的地板下，開始狂吠。

「實忠，進去吧。」

晴明說畢，實忠握著鋤頭鑽進地板下。

接著，地板下傳來鋤頭掘地的聲音。

過一陣子，又傳出實忠的聲音：

「找到了！」

實忠從地板下的泥土中挖出七顆頭顱。

其中五個年代已久，另兩個則還很新。
新的頭顱，正是青音姬與景清的頭顱。
「事情結束了。」
晴明低聲自語。
「哎，眞是情何以堪呀。」
博雅像是鬆了一口氣，吐出憋住的氣息。

十三、

青音姬與景清的頭顱埋在一起。
其他五顆頭顱埋在原本的首塚內。首塚上再度擱著請淨藏上人重新揮筆寫上「封．靈」二字的石頭。
或許是與頭顱同時埋下大量食物之故，那以後，夜晚每逢有人路過首塚一旁，已聽不到怪聲了。

十四

兩人悠閒自在地喝著酒。

在晴明宅邸的窄廊上。

窄廊上，坐著晴明、博雅、保憲三人。

保憲伸手到擱在地板的酒杯前，用指尖沾了杯中的酒，再移到黑貓鼻尖。看似熟睡的黑貓，微微張開雙眼，伸出赤舌，舔著保憲沾酒的指尖。

「晴明啊，這回的事件，你解決得太漂亮了……」

保憲邊說邊讓黑貓舔著指尖上的酒。

「不，那是因爲保憲大人於事前準備好一切了……」

晴明的紅唇含著微笑回道。

「話說回來，那光景實在悽慘……」

博雅不勝感喟地說。

博雅說的，似乎是自爲成宅邸板窗縫隙望出去時，見到的那些頭顱咬食狗屍的光景。

「無論吃多少，吃進嘴裡的東西都從喉嚨底下掉出來，吃再多也塡不飽肚子。雖說是一群死不瞑目的陰魂，不過，那或許正是人的本性。」

「怎麼說呢？」

「只要將那看似齷齪的模樣視爲人性，我便覺得，那光景有一種說不出來的悲哀，而且令人心疼。」

博雅好像陷於那晚的回憶中，頓住口，將視線拋向庭院。

眼前是夜晚的庭院。

景色已全然換上秋裝。

庭院正等待即將來臨的冬季，在月光下文風不動，緘默不語。

「讓我吹段笛子吧。」

博雅說畢，從懷中取出葉二——是妖鬼送給博雅的笛子。

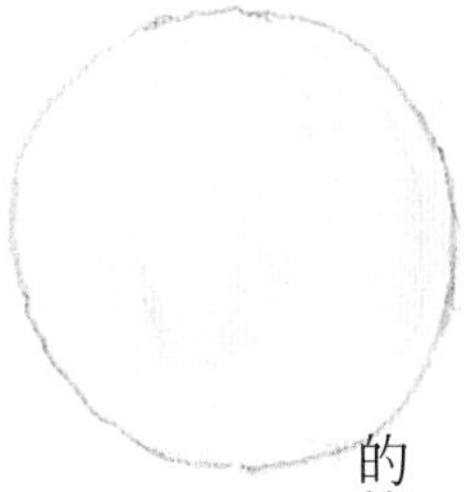

博雅沉靜地將笛子貼在脣上，開始吹奏。

笛子滑出優美、光帶般的旋律。

笛聲在月光下伸展，擴散至秋色庭院。

月光與笛聲融合在秋色庭院中。

令人一時辨別不出孰是月光，孰是笛聲。

連坐在窄廊上的博雅的氣息——甚至肉體，都彷彿要融化於天地之間。

「喔……」

保憲發出讚嘆聲。

「這就是博雅大人的笛聲呀……」

聲音似在呢喃。

晴明不出聲，只傾耳靜聽，聽那穿過自己的肉體、融化於天地間的笛聲。

博雅無止境地持續吹著笛子。

了

作者後記

夢枕獏

這眞是既優美又可愛的圖啊。
連妖怪及百鬼都那般可愛。
《陰陽師》這部作品的幸運，應該說是能與村上先生的畫相逢吧。
這回，人的頭顱成爲妖物，不但在半空飛翔，也會襲擊人，更會啃吃生肉。
本來是個極爲恐怖的故事，但觀看村上先生的畫，這些理應非常恐怖的頭顱妖物，竟在不知不覺中讓人感到很可愛，實在有點不可思議。
每個妖物，都栩栩如生地活動著。
正是好在這地方。
請大家欣賞圖文小說版《陰陽師——首塚》。

二〇〇三年八月　夢枕獏

夢枕獏公式網站：http://www.digiadv.co.jp/baku/

繪者後記

村上豐

往昔，妖怪、邪魔與人類共有濁闇，呼吸著黑暗。

夢枕氏的思緒馳騁世界，奇異、優美、哀怨。

而且很滑稽。

我受作品所吸引，連自己的五感，不，是六感都變得非常敏銳，然後不知不覺徜徉在那個陰闇世界中。

我希望自己能信任現代科學也無法究明的奇異世界，並具有對其懷畏怖之念的自由精神。畢竟，凡事都能解明的世界，很乏味。

村上豐

翻譯有感

有件事，我必須澄清一下：那就是有關夢枕獏老師文章的翻譯手法。

或許有人已經比照過「陰陽師」小說原文與我的譯文，這些人應該會發現，原文段落與我翻譯的中文版段落，有差異。也就是說，「陰陽師」中文版段落，跟原文不一樣。有關這點，其實當初接下翻譯工作時，我曾跟日方出版社編輯及夢枕獏老師經紀人討論過了。我說，若照原文段落「忠實」翻成中文，很可能會讓中文圈讀者難以接受，因爲空白處太多。

大抵說來，某些日本文藝雜誌，編排方式是一頁分成上、中、下直排三段，一行不到二十個字。爲配合雜誌編排方式，一些日本流行作家養成把段落縮成很短的習慣。如此，在視覺上，才不會讓讀者感覺文字密密麻麻，讀得很痛苦。而這些小說，在編成書後，就會顯得很空白。只是，編成書後的字體本來就很小，適度的空白，反而可以令讀者（尤其漫畫世代）輕鬆自如讀下去。

然而，日文翻成中文時，字數一定會減少。有時候，原文說了整整二十個字，中文卻只要一句成語便可以表達出來。二十個字，若翻成四個字，原文中「適度的空白」就會變成「礙眼的空白」了。這些「空白」，若忠實按原文編排，一定非常「難看」。

是以，跟日方相關人員討論過後，我決定採「中庸」方式。一方面按中文文法結合原文段落，另一方面保留原文中的「空白感覺」。當然，出書前，日方編輯也曾看過我的中文譯稿（對方學過中文），卻抓不穩我的「段落節奏」。換句話說，他雖懂得若干中文，卻無法看出我到底是以何種「定律」來結合原文段落。最後，夢枕獏老師方面說：「譯者最大，段落問題就全部由妳決定好了。」這就是「陰陽師」中文版段落與原文有差異的內幕。

而說老實話，我也沒甚麼結合段落的「定律」可言。完全靠直覺。隨著故事情節的進行，邊翻邊整合段落而已。再說老實話，區區一個譯者，其實不用如此大費周折，接下工作後，忠實按原文翻出，如期交稿就行了。可是，或許我太自惜羽毛，想到自己的名字要掛在封面，就無法只如期交稿，而不管其他了。畢竟，翻譯也是一種「搏感情」的工作。若對原作沒感情，事前沒做好種種準備，翻出來的文字，大概也會缺少「調味料」。不過，我想，這大概因爲我處於某種優勢立場（可以直接跟日方交涉等等），才能如此做。因此，我並非要求每位譯者都如我這般，只是想澄清一下「陰陽師」譯文段落問題而已。

又，「陰陽師」原文版上市順序，也跟中文版有點不同。日方出版社本來堅持一定要按原文版的上市順序，這也是我直接跟夢枕獏老師經紀人討論過後，調整了上市順序。並非繆思出版社擅自更動出版順序。請大家千萬別誤會。

附記：夢枕獏老師的文章段落節奏，因作品而異，並非每部作品都那麼「空白」。

茂呂美耶

二〇〇五年七月

對談

夢枕獏VS村上豐

用筆和繪筆所編織出的平安之黑暗

——節選自《文藝春秋》雜誌／二〇〇五年九月

夢枕獏，一九五一年生於神奈川縣小田原市。東海大學日本文學系畢業。一九七七年，在《奇想天外》雜誌發表〈青蛙之死〉而出道。之後，以《陰陽師》、《狩獵魔獸》、《餓狼傳》等熱門系列小說為首，在眾多領域中令廣泛讀者為之著迷。

村上豐，一九三六年生於靜岡縣三島市。三島南高校畢業。一九六〇年為《產經週刊》連載小說繪製插圖而出道。之後，活躍於插畫、繪本製作領域。分別在一九六一年獲得講談社插圖獎，一九八三年獲得小學館繪畫獎，一九九八年獲得菊池寬獎。作品有畫冊《墨夢》等。

——這次將出版《陰陽師》系列小說單行本《瀧夜叉姬》。不過，夢枕先生的文章配上村上先生的插圖這個組合，應該已經持續十九年了吧。

夢枕：啊，原來已經委託了這麼多年……十九年前的話，我當時仍是三十五歲。

村上：雖然承蒙抬愛而合作了這麼久，我們卻很難有接觸的機會。

夢枕：是啊。所以今天是個很難得的機會，我想多請教一些有關村上先生的畫的問題。村上先生為《陰陽師》畫的妖怪，是不是也同樣參考了各種資料而畫成的？

村上：因為只有古代的畫卷可以當參考資料，所以大部分都是看了畫卷之後，再靠自己的想像而畫出的。我注意的是盡可能不要畫成一看就知道是假的。我認為，該怎麼畫得看起來像是真的，正代表該畫家的本領。因為怪物那類的，大體上沒有人親眼看過（笑）。只是，說真心話，我自己也不太想畫那些讓人覺得很恐怖的畫。

夢枕：村上先生的妖怪都很可愛，或許應該說很有魅力，很有個性。

村上：其實說起來我還滿喜歡那種世界。我覺得，真正可怕的，是沒有發生任何事的那種。比如說小時候，大家都說會出現什麼什麼的，可是，真的一把拉開家裡的走廊的拉門時，裡面卻什麼也沒有。我覺得那種才真的很可怕。

夢枕：以前我家也很舊，我也是很害怕。

村上：廁所很可怕吧？

夢枕：是的。既不是抽水馬桶，廁所的燈光又很暗。所以小時候我上廁所時都開著門……村上先生的畫大多是水墨畫，在我看來，用毛筆和墨汁竟然可以畫出那麼自由的線條，真的很不可思議，是不是因為沒有跟著老師正式學畫，反倒比較好呢？

村上：我想應該是吧。一般說來，所謂美術，不僅水墨畫，油畫也好、日本畫也好，只要跟著老師正式學畫，通常都不得不畫成跟老師一模一樣的畫。我雖然沒有去美術學校正式學畫，但聽說去了美術學校的人，為了想得到好分數，都會在不自覺中畫成老師所喜歡的類型。

夢枕：畫來畫去畫到最後無法抽身，結果那個類型就成為自己的風格。

村上：是的。書法也一樣。像我，雖然經常有人說「你寫的字很有意思」，不過，我只有在小學和初中時學過書法，在還未完全定型之前就脫離常軌、走進岔路了。

夢枕：譬如寫《陰陽師》的標題文字時，是不是沒有經過大腦仔細思考，直接一筆就寫成的？

村上：是的，沒有事前準備，一筆就寫成。所以，當我認為，啊，這條線有點偏左時，在寫下一個字時，我就會修正一下軌道，稍微偏右。

夢枕：畫也大致是這樣嗎？

村上：是，畫也一樣。

夢枕：先唰唰畫下一筆，然後再承擔第一筆線條的責任，決定第二筆該怎麼畫嗎？

村上：是的。這正是我不先做素描，一筆就畫下去的理由。正因為這樣，才能畫出有意思的畫。比如說，人的身體，我都從自己喜歡的地方開始畫。根據不同人，或許也有人習慣從臉部畫起。

夢枕：我認識的漫畫家，大多都從臉部輪廓畫起……

村上：我都是一筆就畫下去，如果第一筆偏左，下一筆就偏右一點……這是我的作畫方式。如果怎麼畫都覺得不順眼時，那張畫就會作罷。我每次都是直接就畫下去。碰到繪本的工作時，對方經常要求先交出草圖，可是，就算是草圖，我也不喜歡畫了一次後、還要重新再畫一次同樣的畫。所以，我經常向對方說，對不起，我不畫草圖。然後再向對方說，完成之後，如果不滿意，我可以全面重新繪製，或者當場進行修改。到現在為止，除非錯誤得很厲害，要不然我從來沒有重新繪製的經驗。

夢枕：（拿起《陰陽師11：三腳鐵環》）我很喜歡出現在這個故事中的德子姬的畫（是個身穿紅色和服，頭上戴著三腳鐵環，頭上的三根蠟燭都點著火的女人，她彎著腰，從和服露出隱約可見的臀部線條），請問這張畫是按怎樣的順序畫成的？

村上：我記得應該是先從頭髮畫起。

夢枕：你在畫頭髮時，是不是還沒有決定腳會變成什麼方向那類問題？

村上：雖然已經有了大致形象，但是在畫頭髮時，完全沒有預想到會畫出屁股，或者會畫出腳之類的問題。

夢枕：原來是這樣。我很喜歡這個，屁股很可愛（笑）。然後呢？最後一筆是哪裡？

村上：是腳。畫了和服之後，覺得稍微露出腳比較好。

夢枕：是嗎？真有趣。以前，有個看電視學書法的電視節目，那時擔任書法老師的是岡本光平先生，那位老師也是從很奇怪的地方寫出第一筆。他不是按照一般寫法去寫。比如寫「木」這個字時，他會直接由下往上畫出一條線。可是，寫到最後，還是會成為「木」這個字。

村上：如果每次總是按照預定，按照規定順序的話，那會很無趣。就這點來說，寫小說的作家，好像每次都會猜測我究竟會挑選（小說中的）哪個部分畫插圖。因為我會交出任何人都意想不到的插圖。

夢枕：哎，真的是這樣。我每次都很期待你的插圖，因為完全無法預料。

村上：其實應該盡可能挑選符合小說內容的部分，只是，說明過多也有點……文章都已經適當說明了內容，如果插圖也按照文章那樣再說明一次的話，那就一點意思都沒有了，這是我的想法。所以我的情況是經常被人說，咦，怎麼在這個地方配上插圖（笑）。

夢枕：我的責任編輯總是一副興沖沖的樣子給我看插圖。每次送來村上先生的複印插圖時，他總是會有點裝腔作勢地「嘿嘿嘿」笑著遞出插圖（笑）。然後，等我看了畫，驚喜地「噢——」大叫出來時，他也在一旁看得笑嘻嘻。我真心覺得，這套《陰陽師》系列小說請來村上先生畫插圖，真是太好了。如果只有我的文章，小說世界會有某種程度上的限制，不過，配上插圖之後，世界就變得更遼闊了。

村上：包括剛才提到的《三腳鐵環》，我覺得這套有插圖的系列小說真的很棒，可以說是成人的童話書。

夢枕：系列（編按：指《陰陽師》繪本小說系列）第一冊的《晴明取瘤》是新寫的。因為要製作繪本，我就說，我來寫一篇新故事，再請你來畫插圖，所以那時我寫得相當賣力（笑）。我想讓很多妖怪出現在小說中。我很喜歡村上先生畫的妖怪。所以，我想，寫個可以出現很多妖怪的故事比較好。

村上：啊，不過，現代人真的敵不過古人的想像力。我想，說不定古人真的可以看到妖怪（笑），而且那時也有黑暗。現代畢竟已經沒有可以讓妖怪出現的黑暗了……

夢枕：確實沒有。過去的夜晚一片漆黑，說不定最明亮的是天空。

村上：沒有星辰的夜晚真的很暗。

夢枕：那時有星光之類的，現在應該沒有人會在夜晚帶著手電筒出門吧。

——《陰陽師》至今已經拍成兩部電影，假使有下一部電影的機會，這回的《瀧夜叉姫》正是第三部電影的腹案故事，我們聽人這樣說的……

夢枕：其實，這部《瀧夜叉姫》的前半部故事，是在提出第一部電影的構思時寫下的，就是晴明看到百鬼夜行時的場景。但是，這段故事在電影上因為有預算問題，對方說可能很難用得上，最後沒有採用。我一直在想，這真的太可惜了。所以，我決定用在這回的長篇上，之後不斷加寫，結果長度變成最初想像的兩倍（上下卷）。

村上：我很抱歉這樣說，不過，我還是比較喜歡夢枕先生的短篇（笑）。

夢枕：是，九月起又要開始刊登短篇（於《ALL讀物》）。

村上：每次都要擠出構思應該很辛苦吧。

夢枕：同樣分量的話，長篇比較輕鬆。短篇的話，每次都必須讓故事結束，這點就很難。我在寫《陰陽師》短篇小說時，通常都還沒有決定該怎麼讓故事結尾，就先動筆寫起。雖然腦中有最初的構思，但不知道該怎麼結尾。不過寫了一半之後，通常就會浮出結尾了。一邊寫，一邊對自己的小說負起責任的這種寫作方式，好像和村上先生的作畫方式相似（笑）。

村上：我想，所謂製作作品，說到底就是嘔心瀝血，很辛苦的。或許抱著如果不能一次結束，那就在第二次給它結束的打算進行製作比較好。

夢枕：事先決定好內容，進行時卻超出事先決定的內容，這樣的故事比較有趣。如果按照事先決定好的內容完成，我反倒會擔心不知道這樣寫好不好。

村上：是的，確實是這樣，我可以理解。總之，有時確實會發生多生的枝葉比較有趣的狀況。

夢枕：有時因為故事規模增大，某些怪角色自己動了起來，結果稿紙張數也會增多，但這樣反倒比較有趣。

村上：這點在繪畫世界中說不定也一樣。這和最初打算畫這樣的東西而動筆畫起，但在中途因筆橫向打滑而畫出意想不到的形狀，結果被那形狀所吸引的情況一樣吧。

夢枕：還有，有時因為趕時間而匆匆忙忙寫了一大堆的故事，反倒比花費很多時間所醞釀出的故事要來得有勁，自己都覺得，喔，這樣不錯嘛，這種情況也時常發生。

村上：確實有這種例子。考慮過多反倒不行。該在什麼地方告一段落，而且劃分時，刀鋒還是犀利的比較好。就算在截稿日期前，出門去觀看一場戲劇也可以的（笑）。在做其他事情時，說不定會突然萌生意想不到的新構思。

夢枕：我通常有兩張或三張稿紙的餘裕。如果還沒有決定故事內容，我會先寫下標題，接著寫晴明和博雅最初一起喝酒的場景。因為在那個場景，故事不會前進，暫且可以頂住一個晚上（笑）。

村上：光是頑固地守住自己的姿態，終究是不行的。我作畫時也是懷著這樣的感覺，認為如果畫不下去了，就先撤退到比較容易描繪的地方，再做打算。我以前有一段時期熱衷於抽象畫，那時就是執著於應該這樣畫，或者應該先訂下主題什麼的。可是，那樣畫著畫著，到最後什麼也畫不出來，只得暫時停止展覽會。這樣走到最後的結果，我終於領悟出，應該要畫不僅自己畫起來覺得有趣、別人觀賞畫時也覺得有趣的畫。當我轉換成這種作畫姿態之後，便覺得——啊，這樣的畫其實也可以。

夢枕：村上先生的畫獨樹一幟，再也沒有其他人能畫出這種風格的畫吧。因為，手的長度，左右不同啊。

村上：哈哈哈哈哈。

作者介紹

夢枕獏（YUMEMAKURA Baku）

日本SF作家俱樂部會員、日本文藝家協會會員。生於神奈川縣小田原市，東海大學文學部日本文學系畢業。嗜好是釣魚，特別熱愛釣香魚。也熱中泛舟、登山等等戶外活動。此外，還喜歡看格鬥技比賽、漫畫，喜愛攝影、傳統藝能（如歌舞伎）的欣賞。

夢枕先生曾自述，最初使用「夢枕獏」這個筆名，始自於高中時寫同人誌風的作品。「獏」這個字，正是中文的「貘」，指的是那種吃掉惡夢的怪獸。夢枕先生因爲「想要出版夢一般的故事」，而取了這個筆名。

年表：

一九五一年	一月一日生於神奈川縣小田原市。
一九七三年	東海大學日本文學系畢業。

一九七五年　到海外登山旅行，初訪尼泊爾。

一九七七年　在筒井康隆主辦的ＳＦ同人雜誌《NEO MULL》、及柴野拓美主辦的《宇宙塵》上發表作品。在《NEO MULL》上發表的〈蛙之死〉受到業界人士注意，同作轉至ＳＦ專門商業出版雜誌《奇想天外》刊登而成爲出道作。之後在《奇想天外》發表中篇小說〈巨人傳〉，而正式開始作家之路。

一九七九年　在集英社文庫Cobalt推出第一本單行本《彈貓的歐爾歐拉涅爺爺》。

一九八一年　在雙葉社推出第一次的單行本新書《幻獸變化》。

一九八二年　在朝日Sonorama文庫推出Chimera系列第一部《幻獸少年Chimera》。

一九八四年　在祥傳社Non-Novel書系發表的「狩獵魔獸」系列三部曲成爲暢銷作。

一九八六年　循《西遊記》裡的旅途前往中國大陸作取材之旅，從長安到吐魯番。「陰陽師」系列開始連載。

一九八七年　繼續西遊記行程。下半年與野田知祐一同在加拿大的育空河泛舟。

一九八八年　第三次踏上西遊記的旅程，到天山的穆素爾嶺。文藝春秋社出版《陰陽師》。

一九八九年　以《吃掉上弦月的獅子》奪得第十屆日本SF大獎。

一九九〇年　《吃掉上弦月的獅子》獲頒星雲賞平成元年度日本長篇獎。

一九九三年　十月為坂東玉三郎所寫的〈三國傳來玄象譚〉在東京歌舞伎座「藝術祭十月大歌舞伎」上演。

一九九四年　出任日本SF作家俱樂部會長。岡野玲子改編的漫畫作品《陰陽師》出版。

一九九五年　小說《空手道上班族班練馬分部》由NHK拍成電視劇，由奧田瑛二主演。在東京神保町的畫廊舉辦照片展「聖琉璃之山」（亦有同名攝影集）。文藝春秋社出版《陰陽師—飛天卷》。

一九九六年　為坂東玉三郎作詞的〈楊貴妃〉在歌舞伎座上演。為NHK BS台的「釣魚紀行」錄影赴挪威。十月起在NHK總合台「大人的遊樂時間」擔任常任主持人。為電視節目「世界謎題紀行」錄影赴澳洲。

一九九七年　文藝春秋社出版《陰陽師—付喪神卷》。

一九九八年　於中央公論新社出版《平安講釋—安倍晴明傳》。

一九九九年	《陰陽師—生成姬》於朝日新聞晚報開始連載。
二〇〇〇年	文藝春秋社出版《陰陽師—鳳凰卷》。
二〇〇一年	四月，NHK製作、放映《陰陽師》，由SMAP成員之一的稻垣吾郎主演。六月，岡野玲子的漫畫版出版至第十冊。十月，電影「陰陽師」上映。由知名狂言家野村萬齋飾演主角「安倍晴明」，眞田廣之、小泉今日子等人共同主演。文藝春秋社出版《陰陽師—晴明取瘤》。
二〇〇二年	文藝春秋社出版《陰陽師—龍笛卷》。
二〇〇三年	電影「陰陽師II」將於十月上映。文藝春秋社出版《陰陽師—太極卷》。
二〇〇五年	文藝春秋出版《陰陽師—三角鐵環》、《陰陽師—瀧夜叉姬》。
二〇〇六年	首度來台參加台北國際書展，掀起夢枕旋風。
二〇〇七年	改編同名作品的電影「大帝之劍」由堤幸彥導演、阿部寬主演，於四月在日本上映。七月文藝春秋社出版《陰陽師—夜光杯卷》。年底配合首本繁體中文版《陰陽師》繪本《三角鐵環》來台舉辦簽書會，再度掀起《陰陽師》的閱讀熱潮。
二〇〇八年	雙葉社出版《東天的獅子》系列。

二〇一〇年
文藝春秋社出版《陰陽師—天鼓卷》。角川書店出版與天野喜孝、叶松谷共同合作的《楊貴妃的晚餐》。

二〇一一年
以《大江戶釣客傳》獲得第三十九屆泉鏡花文學獎、第五屆舟橋聖一文學獎。改編《陰陽師》的漫畫家岡野玲子訪台。同年傳出陳凱歌將與日本電影公司合作《沙門空海》的電影拍攝作業。文藝春秋社出版《陰陽師—醍醐卷》。

二〇一二年
以《大江戶釣客傳》獲得第四十六屆吉川英治文學獎。十月文藝春秋社出版《陰陽師—醉月卷》。適逢《陰陽師》出版二十五週年，文藝春秋社也同步出版《陰陽師完全解析手冊》。

二〇一三年
八月參加NHK總合台的柳家權太樓的演藝圖鑑節目播出。九月在東京歌舞伎座上演《陰陽師—瀧夜叉姬》，創下全公演滿座紀錄。十月小學館出版長篇小說《大江戶恐龍傳》系列。

二〇一四年
文藝春秋社出版《陰陽師—蒼猴卷》、《陰陽師—螢火卷》，後者出版後獲得十一月網路票選「二十歲男性閱讀的時代小說」第二名。

二〇一五年
曾獲第十一屆柴田鍊三郎獎的小說《眾神的山嶺》，將由導演平山秀行翻拍成電影，阿部寬與岡田准一主演，三月前往尼泊爾山區取景，將於二〇一六年於日本全國院線上映。暌違十二年《陰陽師》再度影像化，夏季將在朝日電視台播出同名SP電視劇，由歌舞伎演員市川染五郎主演。

二〇一七年

作家生涯四十週年，榮獲菊池寬獎及日本推理大賞。

繆思系列
陰陽師〔第八部〕首塚

作者／夢枕獏（Baku Yumemakura）　封面繪圖／村上豐
譯者／茂呂美耶
執行長／陳蕙慧
副總編輯／簡伊玲
行銷企劃／李逸文・闕志勳・廖祿存
特約主編／連秋香
封面設計／蔡惠如
美術編輯／蔡惠如
內文排版／綠貝殼資訊有限公司

社長／郭重興
發行人兼出版總監／曾大福
出版／木馬文化事業股份有限公司
發行／遠足文化事業股份有限公司
地址／231新北市新店區民權路108之4號8樓
電話／02-2218-1417
傳眞／02-8667-1891
Email：service@bookrep.com.tw
郵撥帳號／19588272 木馬文化事業股份有限公司
客服專線／0800221029
法律顧問／華洋國際專利商標事務所 蘇文生 律師
初版一刷　2005年8月
二版一刷　2018年8月
定價／新台幣330元
ISBN 978-986-359-581-6

國家圖書館出版品預行編目（CIP）資料

陰陽師. 第八部 首塚 / 夢枕獏著 ; 茂呂美耶譯-- 二版.
-- 新北市 : 木馬文化出版 : 遠足文化發行, 2018.08
160面 ; 14 x 20公分. -- (繆思系列)
ISBN 978-986-359-581-6 (平裝)

861.57 107012441